CATALOGUE

DE

TABLEAUX

DES

PREMIERS ARTISTES MODERNES

PROVENANT

Du Cabinet de M. ***Goldschmit

PARIS

MAULDE ET RENOU

IMPRIMEURS DE LA CHAMBRE DES COMMISSAIRES-PRISEURS
Rue de Rivoli, 114

1854

CATALOGUE

DE

TABLEAUX

DES

PREMIERS ARTISTES MODERNES

PROVENANT

Du Cabinet de M. °°°

DONT LA VENTE AUX ENCHÈRES PUBLIQUES AURA LIEU

HOTEL DES COMMISSAIRES-PRISEURS
RUE DROUOT, N. 5,

Salle n. 1, au premier,

Le Mercredi 26 Avril 1854, à 3 heures.

Par le ministère de Me RIDEL, Commissaire-Priseur,
rue Saint-Honoré, 335,

Assisté de M. Francis PETIT, Appréciateur,
boulevart Poissonnière, 21.

EXPOSITION PUBLIQUE

Le Mardi 25 Avril 1854, veille de la vente, salle des séances,
et le jour de la vente, de midi à trois heures, salle n. 1,

PARIS
MAULDE ET RENOU,
IMPRIMEURS DE LA COMPAGNIE DES COMMISSAIRES-PRISEURS,
rue de Rivoli, 114.

—

1854

CONDITIONS DE LA VENTE.

———◦———

Elle sera faite au comptant.

Les adjudicataires paieront 5 centimes par franc en sus des enchères applicables aux frais.

DÉSIGNATION

DES TABLEAUX

---※※※---

CABAT.

1 — Paysage, la Mare.

Toile. — Haut. 24 c. Larg. 32 c.

---※※※---

CABAT.

2 — Paysage et animaux.

Toile. — Haut. 16 c. Larg. 22 c.

COUTURE.

3 — Tête de jeune fille.

Toile. — Haut. 55 c. Larg. 47 c.

DECAMPS.

4 — Repos en Égypte.

Toile. — Haut. 32 c. Larg. 40 c.

DECAMPS.

5 — Ruines, paysage d'Italie.

Bois. — Haut. 28 c. Larg. 28 c.

DECAMPS.

6 — Femme revenant de la fontaine.

Toile. — Haut. 32 c. Larg. 25 c.

DECAMPS.

7 — Grec pillard.

DECAMPS.

8 — Chasseurs.

DUPRÉ (Jules).

9 — Paysage, le Pont.

Toile. — Haut. 49 c. Larg. 64 c.

DUPRE (Jules).

10 — Chasse au marais, soleil couchant.

Toile. — Haut. 40 c. Larg. 50 c.

DUPRÉ (Jules).

11 — Lisière de Forêt.

Toile. — Haut. 50 c. Larg. 44 c.

DIAZ.

12 — Repentir.

Toile. — Haut. 32 c. Larg. 25 c.

DIAZ.

13 — Habitation turque.

Toile. — Haut. 31 c. Larg. 45 c.

DIAZ.

14 — Paysage de Fontainebleau.

Toile. — Haut. 43 c. Larg. 57 c.

GUILLEMIN.

15 — Scène bretonne.

Bois. — Haut. 47 c. Larg. 38 c.

BARON GROS ET DEBAY.

16 — Les Pestiférés de Jaffa.

Toile. — Haut. 1 m, 20 c. Larg. 1 m. 68 c.

HOGUET.

17 — Plage et bateaux.

Toile. — Haut. 33 c. Larg. 44 c.

HOGUET.

18 — Marine.

Bois. — Haut. 20 c. Larg. 28 c.

⸻◄◄⸺⸱◅⸱◁◉▷⸱▻⸺►►⸻

ISABEY (Eug.).

19 — L'Alchimiste.

Toile. — Haut. 00 c. Larg. 00 c.

⸻◄◄⸺◅◁◉▷▻⸺►►⸻

ISABEY (Eug.).

20 — Promenade au parc.

Toile. — Haut. 30 c. Larg. 28 c.

JACQUE.

21 — Basse-cour.

Bois ovale. — Haut. 21 c. Larg. 25 c.

ROQUEPLAN.

22 — Femme des Pyrénées.

Bois. — Haut. 26 c. Larg. 21 c.

ROQUEPLAN.

23 — Distraction.

Bois. — Haut. 22 c. Larg. 16 c.

ROQUEPLAN.

24 — Campagne de Rome.

Bois. — Haut. 19 c. Larg. 24 c.

ROUSSEAU (Théodore).

25 — Paysage, effet du matin.

Bois. — Haut. 51 c. Larg. 72 c.

TASSAERT.

26 — Le Dénicheur d'oiseaux.

Toile. — Haut. 56 c. Larg. 46 c.

TROYON.

27 — Animaux dans une prairie.

Bois. — Haut. 54 c. Larg. 45 c.

ZIEM.

28 — Venise : la place Saint-Marc, le Grand Canal.

Toile. — Haut. 52 c. Larg. 71 c.

Imp. MAULDE et RENOU. 4541

www.ingramcontent.com/pod-product-compliance
Lightning Source LLC
Chambersburg PA
CBHW061443170626
46811CB00003B/2342